Entender
el orden de los sucesos

En un cuento, las cosas pasan en cierto **orden**. Algo pasa **primero, después** y **al final**. Cuando cuentas un cuento, lo debes contar en el orden en que pasaron las cosas.

¡Buenos días, Anita!

Lada J. Kratky
Ilustraciones de Héctor Borlasca

—Buenos días, mamá.

—Buenos días, Anita.

—Buenos días, hermano.

—Buenos días, Anita.

—Buenos días, papá.

—Buenos días, Anita.

—Buenos días, abuela.

—Buenos días, Anita.

—Buenos días, maestra.

—¡Buenos días, Anita!

¡Buenos días, Anita!
ISBN: 978-1-68292-517-1

© Del texto: 2017, Lada Josefa Kratky
© De esta edición:
2017, Santillana USA Publishing Company, Inc.
2023 NW 84th Avenue
Miami, FL 33122, USA
www.santillanausa.com

Dirección editorial: Isabel C. Mendoza
Edición: Ana I. Antón
Dirección de arte y producción: Jacqueline Rivera
Ilustraciones: Héctor Borlasca
Montaje: Gráfika LLC

Todos los derechos reservados.
Esta publicación no puede ser reproducida, ni en todo ni en parte, ni registrada en o transmitida por un sistema de recuperación de información, en ninguna forma ni por ningún medio, sea mecánico, fotoquímico, electrónico, magnético, electroóptico, por fotocopia o cualquier otro, sin el permiso previo, por escrito, de la editorial.

Published in the United States of America
Printed in Colombia by Intergraficas S.A.
22 21 20 19 18   1 2 3 4 5 6 7 8 9 10

Aquí acaba este libro
escrito, ilustrado, diseñado, editado, impreso
por personas que aman los libros.
Aquí acaba este libro que tú has leído,
el libro que ya eres.